FACTUM,

POUR les Sieurs de Lomenie, des Touches, & autres creanciers de la succession vacante du sieur Comte de Fiesques,
& de la Dame Comtesse de Fiesques, defendeurs en opposition.

Contre ladite Dame, demanderesse.

PREMIER ARTICLE.

*Où l'on fait voir que la terre de Bressuire doit estre adjugée sans la
charge de la rente fonciere, creée par le Contract d'échange du 3.
Fevrier 1657, sauf à en ordonner l'estimation & le remboursement
sur le prix de l'adjudication.*

E 3 Fevrier 1657. le sieur Comte de Fiesques traita par
eschange de la terre de Bressuire, à luy appartenante de
son propre, avec le sieur Marquis de Chausserais & la
Dame sa femme, qui luy cederent en contr'eschange
cent soixante & dix mil livres de rente en principal sur
particuliers, avec obligation de les retirer dans vn
temps, & creèrent de plus sur la Terre vne rente fonciere & non rachetable de dix mil livres; Il fut aussi accordé entre les parties que le sieur de Chausserais acquereur, auroit la
liberté de faire vn decret volontaire pour purger les hypotheques.

Il retira peu aprés partie de ces rentes, données en échange jusques à
la somme de soixante & dix mil livres, qu'il paya à la Dame de Fiesques,
qui avoit vne procuration pour recevoir (de Monsieur son mary) & commença le decret volontaire sur luy suivant la convention. Les Creanciers
à la priere de la demanderesse qui estoit caution solidaire de la vente,
ont approuvé depuis ce payement de soixante & dix mil livres, qu'elle
avoit receus à leur préjudice, & donné leur consentement au decret
volontaire, en convertissant leurs oppositions aux criées en saisies sur le
prix.

En 1659 le sieur de Fiesques mourut, Messieurs ses Enfans renonce-

A

rent à ſa ſucceſſion, & Hennequin fut eſlu Curateur aux biens vacans.

Le 7 Septembre 1667. le ſieur de Chauſſerais n'ayant pas en execution du Contract payé la ſomme de cent mil livres de reſte du prix, avec les intereſts, ni les arrerages de la rente fonciere de dix mil livres, la de-mandereſſe ſe fit ſubroger par Arreſt à la pourſuite du decret volontaire, qui par ce moyen eſt devenu forcé; Et depuis les heritiers du ſieur de la Rochefaton, ſur qui la rente avoit eſté conſtituée pour cette ſomme de cent mil livres de principal, & cedée par le Contract d'alienation du 3 Fe-vrier 1657. ont pretendu que c'eſtoit vne rente feinte, que la demande-reſſe avoit eu connoiſſance de cette fiction lors du traitté, & ſur ce fonde-ment ayant demandé d'eſtre déchargez, il eſt intervenu ſur ce differend vn Arreſt de partage.

Concluſion des Defendeurs. Cette inexecution du Contract & le changement du decret, a donné lieu aux defendeurs de preſenter leur Requeſte à la Cour, tendante à ce qu'il ſoit procedé à la vente & adjudication de la Terre de Breſſuire, ſans la charge de la rente fonciere de dix mil livres, dont le fond ſera eſtimé & rembourſé ſur le prix de ladite Terre, provenant de l'adjudication, & qu'à cét effet l'oppoſition à fin de charge du Curateur à la ſucceſſion vacante du feu ſieur Comte de Fieſques, ſera convertie en oppoſition, afin de conſerver, pour eſtre les deniers provenans dudit rachat, em-ployez au payement des creanciers de la ſucceſſion vacante, à qui la rente appartient.

Explication des concluſions. L'effet de cette demande n'eſt autre, comme il paroiſt par ces conclu-ſions, ſinon de faire que le Curateur, au lieu de conſerver la rente fonciere-re en nature ſur la Terre, en prenne l'eſtimation & la valeur ſur le prix de la Terre; c'eſt à dire que la rente au lieu d'eſtre conſervée comme vne rente fonciere & non rachetable, ſoit rembourſée comme ſi c'eſtoit vne ſimple rente conſtituée & rachetable.

Il eſt aiſé de concevoir que ce changement eſt innocent & ne préju-dicie à perſonne, car le Curateur creancier de la rente ne perd rien à re-cevoir la valeur de ſa choſe, ſuivant ſa juſte eſtimation, au lieu de la con-ſerver; & il eſt egal auſſi au ſieur de Chauſſerais, Seigneur de la Terre & debiteur de la rente, que ſa Terre qu'on decrette demeure chargée de la rente, ou que la valeur de la rente ſoit priſe ſur le prix de la Terre libre & déchargée, puiſque ſi la Terre demeuroit ſujette à la rente, le prix en diminüeroit à proportion de la valeur de cette charge. Cela ſuffit pour vn premier éclairciſſement, & l'on fera voir plus bas que non ſeulement ce rachat ne nuit à perſonne, mais de plus qu'il eſt neceſſaire & advanta-geux à toutes les parties intereſſées.

Arreſt contre lequel on forme oppoſition. Le 23 Aouſt dernier, les defendeurs ont obtenu Arreſt conforme à leurs concluſions; & dans la huitaine, la demandereſſe a preſenté la Re-queſte afin d'oppoſition dont il s'agit.

Pour fouftenir & deffendre cét Arreft , on remonftre à la Cour qu'il ne prononce rien qui ne foit dans l'ordre & tres-ordinaire , puifqu'il arrive tous les jours dans les decrets que les charges qui ne font pas rachetables de leur nature, font neantmoins eftimées & rachetées fur les deniers de l'adjudication, lors qu'il y a raifon de l'ordonner , comme icy. *Que l'amortiffement des charges de cette qualité eft ordinaire.*

Premierement , lorfque celuy à qui la charge reelle & perpetuelle appartient ne s'oppofe qu'aprés le congé d'adjuger, on en vfe ainfi , non pas que le Proprietaire de la charge foit moins favorable que les creanciers des fimples debtes qui conservent tout leur droit, pourveu qu'ils s'oppofent avant le decret feellé : mais parce que les oppofitions afin de charge, changent la confiftance des biens, qu'il eft à propos de rendre certaine, lors du congé d'adjuger ; ce qui monftre qu'on ne fait pas de difficulté d'amortir les charges , lorfqu'il y a de bonnes raifons de l'ordonner, bien que le droit du Proprietaire femble y refifter, parce que le remboursement le defintereffe. *Premier exemple.*

Secondement , il eft certain que le doüaire d'vne femme couftumier, par exemple, qui confifte en vfufruit, eft vne charge reelle qui affecte le fond, & dont la veuve ne peut eftre forcée de fouffrir le rachat ; cependant lors qu'on decrette l'heritage qui y eft fujet, & qu'il fe trouve vn creancier oppofant, anterieur en hypotheque à la conftitution du doüaire; l'intereft de ce creancier, au préjudice duquel on n'eftime pas qu'il ait pû eftre impofé fur la Terre, fait qu'on l'eftime & qu'on le rembourfe fur le prix en convertiffant l'oppofition afin de charge, formée par la veuve, en oppofition afin de conferver, comme il a efté jugé par vn grand nombre d'Arrefts, rapportez dans le Commentaire de Brodeau, fur M. Loüet, lettre F. n. 24. *Second exemple.*

Mais il fe rencontre heureufement qu'vn des plus fçavans & des plus celebres de nos Jurifconfultes François a examiné la queftion dont il s'agit precifément, & dans fes propres termes ; comme s'il avoit eû alors en veuë la difficulté qui naift aujourd'huy & d'vne maniere fi folide, que la force de fes raifons contribuë bien plus que fon autorité à rendre fa decifion indubitable. *Sentiment de Loyfeau fur la queftion dont il s'agit.*

C'eft Loyfeau dans fon Traitté du Déguerpiffement Livre 3. Chap. 9. où il explique ces mots de l'article 101. de la Couftume de Paris , *Si la rente eft fonciere, l'heritage doit eftre adjugé à la charge de la rente*, & marque deux exceptions notables de cette difpofition ; c'eft à dire deux cas aufquels au lieu d'adjuger l'heritage à la charge de la rente , on doit eftimer la rente , quoy que fonciere & non rachetable , & mettre en ordre le creancier de la rente pour fon remboursement fur les deniers de l'adjudication, qui eft ce que les deffendeurs ont fait ordonner par l'Arreft de defaut ; auquel la demanderefe fe rend oppofante. Nous rapportons ces deux efpeces en les appliquant à noftre fait, pour juftifier qu'il *Rachat de ces rentes neceffaire en deux cas.*

eſt conforme à toutes les deux, bien que l'vne ou l'autre ſuffiſe pour faire ordonner le rachat de la rente fonciere, à l'égard des raiſons dont l'Auteur ſe ſert pour appuyer ſon ſentiment, on pourra s'en inſtruire par la lecture du Chapitre allegué, quoy que ces deciſions ſur ce ſujet ſoient ſi juſtes en elles meſmes, qu'elles n'ont pas beſoin d'éclairciſſement, ni de preuves, & que la ſimple expoſition en puiſſe eſtablir la verité.

Premiere eſpece quand le creancier & le debiteur de la rente y conſentent.

Voicy comme il explique la premiere hypotheque, apres avoir monſtré que la diſpoſition de la Couſtume doit eſtre ſuivie, & l'heritage adjugé à la charge de la rente fonciere, quand celuy à qui elle eſt deuë la veut conſerver, ou lorſque celuy qui la doit a intereſt d'en empeſcher le rachat; Mais, dit-il, ſi toutes les deux raiſons cy-deſſus deduites ceſſent enſemble, c'eſt à ſçavoir que le Seigneur de la rente ne puiſſe ou ne veuille empeſcher le raquit, & d'autre coſté que le ſaiſi & preneur à rente ait intereſt d'en eſtre deſchargé, j'eſtime qu'alors il ne faut pas vendre l'heritage à la charge de la rente, ores qu'elle ſoit fonciere; mais que pour le raquit & amortiſſement d'icelle, le rentier doit eſtre mis en ordre ſur le prix du decret, qui eſt vne notable exception à la diſpoſition de noſtre article.

Qu'en eſt dans les termes de cette hypotheſe.

La deciſion eſt juſte évidemment, comme nous l'avons dit, puiſque dans cette ſuppoſition le rachat eſt agreable & avantageux aux deux parties intereſſées; Ainſi toute la queſtion ſe reduit au fait & à l'application de cette deciſion à noſtre eſpece particuliere, pour voir ſi nous ſommes dans les termes de l'hypotheſe, renfermée dans ces deux conditions qui doivent produire le rachat lorſqu'elles ſont jointes enſemble, c'eſt ce que les deffendeurs pretendent; & pour commencer par la premiere condition & faire voir que le creancier de la rente fonciere & non rachetable de dix mille livres creée ſur la terre de Breſſuire, ne peut & ne veut pas en empeſcher le raquit pour ſe ſervir des paroles meſmes de l'Auteur.

Creanciers de la ſucceſſion vacante cenſez vrais proprietaires de la rente demandent le rachat.

Il faut obſerver que les enfans du ſieur Comte de Fieſques, ont renoncé à ſa ſucceſſion dés l'année 1659. dans vn temps où elle eſtoit bien moins ruineuſe qu'elle n'eſt aujourd'huy, puiſque les intereſts des debtes ſe ſont accumulez depuis, & que Mr de Chauſſerais qui doit de grandes ſommes à cette ſucceſſion ne paroiſſoit pas encore inſolvable, ce qu'ils ont fait neantmoins tres-prudemment pour ſe conſerver la proprieté & le fond du doüaire dans vne ſucceſſion ſi oberée; Ainſi les biens eſtant yacans, y ayant eû dés lors vn curateur éleû, il eſt conſtant que le corps des creanciers qui d'ailleurs ont touſjours la faculté d'exercer les droits de leur debiteur, doit eſtre cenſé le veritable & le ſeul proprietaire des effets de l'heredité, & par conſequent de la rente fonciere : or le corps des creanciers, bien loin d'en empeſcher le rachat, le deſire & le demande.

Advis des deffendeurs preferable.

On dira ſans doute que leurs ſentimens ſont partagez, parce que ſi d'vne part les deffendeurs ſe declarent pour le rachat, la demandereſſe de l'autre y refifte avec les creanciers qui font joints à elle ; mais quand ces divifions arrivent dans vne communauté de creanciers, on fçait quelle eft la regle commune de fuivre & de preferer l'advis du plus grand nombre des creanciers ; c'eft à dire de ceux dont la debte eft la plus forte ; *majorem partem effe pro modo debiti non pro numero perfonarum placuit.*

Il feroit aifé de faire voir, s'il eftoit neceffaire de l'examiner, que les debtes de la demanderefle & des creanciers qui favorifent fon oppofition, font moindres que celles des deffendeurs, puifqu'à prendre droit par la Sentence mefme du Chaftelet qu'elle a obtenuë par defaut contre le Curateur, & qui luy adjuge fes reprifes & fes conventions, fçavoir cinquante mil livres portez en la communauté, trente-trois mil livres de remplois, douze mil livres de deüil, douze mil livres de preciput, & les arrerages de fon doüaire de quatre mil livres ; ces fommes font abforbées pour la plus grande partie par les foixante-dix mil livres du prix de Breffuire qu'elle a receuës en déduction de fes conventions matrimoniales ; ainfi qu'il eft porté par l'Arreft du 19. Septembre 1665. & par les provifions qui luy ont efté adjugées, quelquefois jufques à dix mil livres, en forte que ce qui refte de fes droits joints aux debtes des fieurs le Vieux, Varin, & des heritiers de la Dame Daumont, eft plus foible que les deux feules debtes du fieur des Touches, & des fieurs de Brienne qui montent à plus de cinquante mil efcus.

Que leur debte eft la plus forte.

Il eft de plus à remarquer que l'advis de la demanderefle ne doit pas eftre confideré par vne autre reflexion, c'eft que fes propres creanciers l'empefchent, & demandent le rachat, le Sieur des Touches qui l'eft folidairement pour toute fa debte, & plufieurs autres, pour des fommes confiderables, & fouftiennent tous qu'eftant oppofans en fous-ordre, il ne luy eft pas permis de prendre à leur prejudice vn advis qui tend à ruiner fes collocations qui doivent s'appliquer entierement à leur profit, & au payement des fommes dont elle leur eft redevable, qui confomment plus qu'elle ne doit recevoir, & que d'ailleurs ayant en cette qualité de creanciers de la demanderefle la faculté d'exercer fes actions & fes droits, ils ont celuy de donner en cette occafion leur advis pour elle.

Que les creanciers de la demanderefle empefchent que fon advis ne puiffe avoir lieu.

Mais fans examiner davantage fi les creanciers de la fucceffion qui fe declarent pour le rachat, font effectivement les plus forts. On pretend que cette queftion de fait eft fuperfluë, & que la decifion du differend n'en dépend pas ; Car la regle ordinaire qui veut qu'on defere à l'advis des plus forts, a lieu quand le bien commun des creanciers eft douteux, mais elle ne doit point s'obferver fur tout dans vne focieté forcée & involontaire comme celle-là, quand l'avantage eft évidemment d'vn cofté, & la perte de l'autre.

Autre raifon de preferer l'advis des deffendeurs.

Que l'advis évidemment vtile doit prevaloir à celuy dont le prejudice eft manifefte.

En effet, fi l'on examine les loix qui ont introduit cette regle, on verra que dans leurs efpeces l'vtilité des creanciers eft fort obfcure. Dans l'vne qui eft la loy *majorem* au Digefte *de Pactis*, il s'agiffoit de deliberer entre les creanciers d'vne heredité, s'ils feroient quelque remife à vn heritier qui ne vouloit accepter la fucceffion qu'à cette condition : enquoy l'avantage commun dépendoit d'vn fait tres-obfcur, fçavoir s'ils profiteroient plus à mettre leurs debtes en feureté par l'obligation nouvelle de l'heritier, qu'ils ne perdroient dans la remife. L'efpece de l'autre loy qui eft la derniere au Code *de his qui bonis cedere poffunt*, eft de la mefme nature. La deliberation confiftoit à fçavoir fi l'on accorderoit à vn debiteur vn répit de cinq ans, ou fi l'on recevroit la ceffion de fes biens, l'avantage des creanciers eftoit auffi tres-douteux, & dépendoit d'vn evenement incertain, fçavoir fi dans l'efpace de ces cinq années le debiteur reftabliroit fes affaires où non, & conftamment la regle eft la plus jufte du monde, & la plus fage dans l'efpece de ces loix, & toutes les fois que l'vtilité n'eft pas manifefte; car alors on prefume que l'advis des plus intereffez eft le plus vtile, parce que le plus grand intereft donne communément plus d'application pour examiner la difficulté, & plus de connoiffance pour la refoudre ; mais lorfque l'vtilité & le prejudice font vifibles, cette prefomption ceffe, parce que la certitude y eft.

II. Pour appuyer cette reflexion par vn raifonnement encore plus précis & fans réponfe, on peut dire que les creanciers qui propofent vn advis évidemment ruineux, voyent bien qu'il eft tel, ou ne s'en apperçoivent pas: s'ils ne le connoiffent pas ils font aveugles de ne pas difcerner ce qu'on fuppofe eftre évident, & il feroit tres-injufte de les en croire au prejudice de ceux qui font certainement éclairez & fages, & comme fi dans ce nombre de creanciers, il s'en trouvoit de ftupides ou d'extravagans, leur advis ne feroit pas receu; de mefme ceux qui font dans le degré d'aveuglement qu'on fuppofe, ne doivent pas avoir beaucoup plus de creance ni d'autorité, puifque des gens incapables de difcerner vn prejudice évident, font auffi peu propres à former vn jugement reglé que ceux qui manquent tout à fait de lumiere: s'ils connoiffent au contraire que leur advis eft ruineux, ils font encore plus indignes d'eftre écoutez, car ils ne peuvent avoir d'autre motif de le propofer qu'vne malice extrême, ou vn intereft particulier & indirect; fi c'eft vne pure malignité qui les y porte, leur advis qui tend à fe perdre eux-mefmes pour nuire aux autres n'eft pas vn jugement, mais vn déreglement d'efprit inoüy; & fi c'eft vn intereft particulier qui les engage à bleffer l'intereft commun, ce n'eft plus vn advis pour tous les creanciers, mais pour eux feuls contre tous les autres; ce n'eft plus vn jugement des interefts du corps, mais de leurs interefts propres, qui par confequent ne peut obliger leurs affociez, ni produire vne refolution commune; ainfi rien ne feroit plus déraifonnable que de preferer cét advis injufte & pernicieux à l'advis de ceux dont les intentions font pures, qui n'ont en veuë que le bien genéral, & qui propofent vne vtilité certaine.

Ces reflexions font fi equitables & fi conformes à la raifon, qu'il faudroit ce femble y avoir renoncé pour en difconvenir ; ainfi tout fe reduit à la queftion de fait, & à juger fi l'advis de la demanderefe eft infailliblement ruineux à fes affociez, aux creanciers de la fucceffion abandonnée. Pour cela il faut obferver, 1. Que la fucceffion vacante, & par *Que l'advis de* confequent les creanciers à qui elle appartient doivent eftre confide- *la demāderefe* rez comme proprietaires & maiftres du fond de la rente fonciere , & *eft évidemment ruineux.* de plus creanciers du fieur de Chauferais de cent mil livres de refte du prix de fon acquifition , & des interefts , enfemble de treize années d'arrerages de cette rente , ce qui monte à prés de trois cens mil livres , pour raifon dequoy on pourfuit le decret forcé de la terre fur ledit fieur de Chauferais. 2. Que l'intereft des creanciers eft de faire valoir le plus qu'on pourra ces deux effets ; la rente , parce que c'eft vn bien de la fucceffion vacante qui leur appartient ; la Terre , parceque mieux elle fera venduë , plus ils trouveront de fond pour le payement de ce que le fieur de Chauferais leur doit de refte , joint que les hypotheques qu'ils ont fur la Terre n'ont pas efté purgées, le decret volontaire n'ayant pas efté mis à fin, faute par l'acquereur d'auoir executé le Contract, & payé.

Toute la difficulté confifte donc à fçavoir comment il eft à propos de faire la difcution de ces deux effets pour la rendre plus vtile aux creanciers, les deffendeurs pretendent qu'il faut adjuger la Terre librement, & prendre le rachat de la rente fur le prix de l'adjudication, comme on feroit fi la rente au lieu d'eftre fonciere, eftoit vne fimple rente conftituée : La demanderefe au contraire eft d'advis qu'on laiffe fubfifter la rente fonciere, & qu'on adjuge la Terre à la charge de cette rente, elle en demeure là. Mais pour joindre à cét advis ce qui en eft vne fuite neceffaire , il faut adjoufter qu'aprés cette adjudication de la Terre à la charge de la rente , il faudra faifir la rente reellement, & en faire vn nouveau decret ; Car puifque la rente eft l'effet d'vne fucceffion vacante , qui ne peut eftre deftiné ni fervir qu'au payement des creanciers , il faut de neceffité en faire de l'argent, & fi elle fubfifte il n'y a pas d'autre moyen de la reduire en argent que de la decretter, puifque c'eft vn immeuble fujet aux hypotheques de toutes les debtes de la fucceffion, qui ne peuvent eftre purgées que par vne vente judiciaire.

Les deffendeurs fouftiennent que le premier advis eft indubitable- *Preuve de cette* ment vtile aux creanciers, & que le dernier leur eft vifiblement ruineux, *propofition.* & la raifon en vn mot eft que dans le dernier advis il y aura moins de re- *cepte & plus* cepte & plus de dépenfe que dans le premier. *de dépenfe.*

Moins de recepte , parce que ces deux effets feront plus difficilement *Terre plus mal venduë.*

& plus mal vendus. Cela eft clair à l'égard de la Terre; Car qui voudroit dans vne telle acquifition fe charger d'vne rente fonciere & non rachetable de dix mil livres, c'eft à dire fe rendre Fermier à perpetuité, à moins que d'eftre recompenfe d'ailleurs, & d'y trouver vn grand avantage qui ne peut confifter que dans la diminution du prix.

Si la rente eftoit rachetable il n'en feroit pas de mefme, fur tout fi elle pouvoit eftre rachetée en divers payemens. Car ce feroit au contraire vne facilité à l'acquereur de n'eftre pas obligé de payer d'abord le prix de fon adjudication, & de le pouvoir faire à fa commodité en rachetant à mefure qu'il auroit de l'argent, & confervant toûjours la liberté de s'acquitter; mais la rente eftant fonciere & non rachetable, c'eft vne fervitude qui abforbe prefque tout le revenu de la Terre, qui affujettit l'acquereur à en demeurer eternellement le Fermier, comme on l'a dit, & qui luy fait perdre pour jamais la faculté de fe liberer. En forte qu'il n'y a point de perfonne reglée, & qui ait vn peu de fens, qui vouluft l'acquerir à cette condition, à moins que de fe recompenfer de cette charge infupportable par la modicité du prix.

Il n'y a donc qu'vn homme peu reglé dans fa conduite, & peu accommodé dans fes biens, qui puft n'avoir pas fes fentimens, & s'accommoder de la Terre avec la charge pour en joüir, & diffiper les revenus en payant tres-mal les arrerages de la rente; mais fi la Terre chargée de la rente tombe entre les mains d'vn adjudicataire dont la conduite & les affaires foient en cét eftat, les creanciers qui n'auront rien, ou prefque rien receu du prix de la Terre, toutes leurs efperances eftant réduites à la rente, verront étrangement deperir ce feul effet qui leur reftera, & feront apparemment forcez pour le faire valoir de recommencer vn nouveau decret de la Terre fur le nouvel acquereur; l'eftat où l'on eft avec le fieur de Chaufferais ne confirme que trop cette préfomption, & il feroit eftrange qu'on ne profitaft pas d'vne fi belle experience.

Déperiffement de la rente fonciere.

Ces reflexions ne font que trop vrayes; mais comme elles font appuyées fur le bon fens, il faut vn peu de bonne foy de la part de ceux qui y refiftent pour en convenir. En voicy deux autres aufquelles il faut fe rendre malgré qu'on en ait.

Nouveau decret de la rente, doubles procedures & doubles frais. Longueur infinie de procedures.

I. C'eft que fi la rente fubfifte, il y aura plus de dépenfe à faire, parcequ'eftant neceffaire comme on l'a dit de la decretter, il y aura deux decrets pour vn, & confequemment doubles procedures & doubles frais.

II. Mais la confervation de la rente & la neceffité de ce nouveau decret, a des fuites encore bien plus fâcheufes; c'eft la longueur & le temps pendant lequel les debtes s'augmentent & s'accumulent prodigieufement; Que fi les frais de Juftice & la longueur des decrets, font

comme

comme on fçait l'écuëil & la ruine des affaires de cette nature, qui ne manquent jamais à perir par là, comment pourroit-on douter que l'avis qui produit en mefme temps ces deux maux, ne foit évidemment prejudiciable aux creanciers? deplus fi cette reflexion eft vraye en general, combien eft-elle plus certaine dans cette mal-heureufe affaire-cy, où l'on voit les creanciers d'une fucceffion abandonnée languir depuis fi long-temps? Il y a treize ans que la Terre eft venduë, il y en a onze que le fieur Comte de Fiefques eft mort, & fa fucceffion vacante, le decret de la Terre n'en eft pas encore au congé d'adjuger; Que fi aprés ce decret achevé il n'y a encore rien de fait, & fi l'on en eft reduit à recommencer fur nouveaux frais un nouveau decret de la rente, on doit defefperer de voir la fin de ces procedures immortelles, & d'eftre jamais payé.

Mais fi nonobftant toutes ces raifons la demanderefle ne laiffoit pas de Suites de l'avis de la demande-reffe. faire reüiffir fon oppofition, ce qu'on ne fçauroit croire, les fuites n'en font pas difficiles à prévoir; Car la Terre demeurant fujette à la rente, on ne trouveroit pas comme on a dit de gens bien reglez & bien établis dans leurs affaires qui la vouluffent acquerir, elle tomberoit fans doute entre les mains d'un homme peu accommodé & d'une conduite peu reglée qui s'en rendroit adjudicataire à bon marché, & qui en diffiperoit les revenus fans payer les arrerages de la rente, comme le fieur de Chaufferais a fait: la rente déperiffant & n'eftant exigible que par les voyes de la Juftice, peut-eftre par un autre decret de la Terre, quand on viendroit à faire le nouveau decret de la rente, le prix de l'adjudication en diminuëroit; ainfi aprés les droits Seigneuriaux & les droits de confignation payez, ce qui en refteroit fe trouveroit prefque confumé par les procedures, & les frais de Juftice, & par les nouveaux arrerages & interefts des debtes qui continuëroient de s'accumuler pendant une fi exceffive longueur.

Voila les fuites non feulement poffibles, mais prefque inévitables de l'advis de la demanderefle, & pour renfermer en peu de mots cette derniere confideration: puifqu'il eft indifpenfable de reduire en argent la rente fonciere, cet effet d'une fucceffion vacante pour payer les creanciers à qui elle appartient, n'eft-il pas bien plus avantageux de le faire promptement, utilement, & fans frais, en la rembourfant du prix de la Terre adjugée fans cette onereufe charge, que de la conferver fur la Terre pour en faire aprés un nouveau decret avec beaucoup de perte, de grands frais, & des longueurs infinies?

Cependant quoyque l'advis de la demanderefle foit fi ruineux, fes intentions peuvent avoir efté jufqu'icy tres-innocentes; on n'a pas grand Qu'on ne pretend pas juger de fes intentions. fujet de s'étonner qu'une Dame qui ne doit pas eftre fort intelligente en des affaires de cette nature, ne penetre pas fi avant dans

B

toutes ces reflections & ces vûës, & n'en puisse faire d'elle-mesme un juste discernement, qu'elle ne se determine pas sur ce qu'elle en connoist, & qu'elle s'en rapporte à des gens peu capables de la conduire; ainsi l'on veut croire qu'elle n'a pas eu jusqu'à present d'autre motif que celuy dont elle s'explique dans sa Requeste, c'est à dire la crainte qu'on luy a donnée que le sieur de Chausserais ne se serve du rachapt de la rente comme d'vne nouvelle occasion pour pretendre la resolution du Contract, ce qu'on fera voir plus bas, estre la pensée la plus chimerique & la plus absurde qui se puisse imaginer.

Mais que la suite les fera connoistre. Mais aujourd'huy que l'affaire est entierement éclaircie, il faut aussi que ses intentions paroissent, elle est reduite dans vne necessité inévitable, ou de prouver que son advis est utile aux creanciers, en destruisant par de solides raisons tout ce qu'on vient d'établir, ce qui n'est peut-estre pas trop facile, ou de consentir l'execution de l'Arrest que les defendeurs ont obtenu en se desistant de son opposition, & s'il arrivoit en mesme temps que l'vn ne fust pas en son pouvoir, ny l'autre selon son intention on auroit alors droit de juger qu'un interest particulier & des vûës secrettes l'engageroient à se declarer contre l'interest commun, qu'après avoir envisagé les pernicieuses suites de son advis, elle n'y perseveroit que pour y trouver d'ailleurs vne plus grande utilité qui l'indemnisast avantageusement du prejudice qu'elle en recevroit comme creanciere de la succession; & pour connoistre quel seroit cet avantage indirect on examineroit à qui son avis peut estre favorable, or il ne favorise que celuy qui se doit rendre adjudicataire de la Terre, puisque la conservation de la rente en diminue notablement la valeur & donne la facilité de l'acquerir à vil prix & sans rien payer, ce qui découvriroit assez les esperances que la demanderesse auroit conceuës & les desseins qu'elle auroit formez.

On observeroit de plus que son avis porte les affaires dans vne extreme longueur, parce que si la Terre demeure chargée de la rente, le decret de la Terre ne finissant rien, estant necessaire de recommencer un nouveau decret de la rente, il faut desesperer comme on a dit de voir jamais les affaires terminées, & l'on presumeroit encor que cette longueur pourroit bien ne luy pas déplaire; car ayant des creanciers opposans en sous ordre sur ses collocations beaucoup plus qu'il n'en faut pour les absorber la conclusion des choses ne luy produit pas d'autre utilité, que le plaisir de voir vne partie de ses debtes acquittées, on veut croire qu'elle n'y seroit pas insensible, mais le retardement luy apporte un profit plus réel, parce que sous le pretexte specieux de ses pretendus recouvremens, elle obtient tous les jours de nouvelles provisions, & que deplus la Cour luy a donné main-levée du doüaire de son premier mariage jufqu'à la concurrence de trois mil livres par an pour en jouïr nonobftant toutes faifies jufques à la fin du decret, ce qui luy feroit infailliblement confervé pendant le decret de la rente, puifque n'eftant pas payée fur la Terre, le motif de cette main-levée & de cette jouïfance provifoire fubfifteroit jufqu'à ce que la rente fut adjugée.

Il refte à dire un mot des creanciers qu'elle a ralliez avec elle pour empefcher le rachat, il n'y en a que trois qui meritent quelque attention. Sçavoir, les heritiers de la Dame Daumont, la Dame Varin, & le Sieur le Vieux; Quant aux deux premiers ils ont toûjours preferé fon fervice à leurs propres interefts. En 1666. le fieur de Chaufferais ayant demandé qu'elle fut tenuë de faire approuver le payement des foixante & dix mil livres aux creanciers de la fucceffion vacante, ces deux-là qui eftoient anterieurs au fieur des Touches & au fieur Goury confentirent de n'eftre payez qu'après eux, pour les obliger à donner à la demanderefe la fatisfaction qu'elle defiroit, d'où l'on peut juger combien ces creanciers luy font dévouëz, puifqu'ils ne fe contenterent pas alors d'approuver ce payement qui leur eftoit prejudiciable comme aux autres; mais que pour obtenir le mefme confentement de ceux qui avoient de la peine à l'accorder, ils donnerent de plus la preference à deux debtes qui montent à cinquante mil efcus.

Quant au fieur le Vieux, fans s'étendre fur fon fujet, on fe contentera de remarquer qu'il a des liaifons d'intereft avec la demanderefe, qui vont jufqu'à luy prefter fon nom dans les affaires du decret de Breffuire, en forte qu'on peut dire que fous le nom du fieur le Vieux, c'eft elle-mefme qui agit. Ce reproche n'eft pas un fait en l'air & fans preuve, on en produira que Madame la Comteffe de Fiefque ne fçauroit defavouër. C'eft un billet écrit au fieur Iuftice de fa propre main, dont voicy les termes, *Ie fuis refoluë à prendre le bail judiciaire de Breffuire, M. le Vieux ne fera cette fois icy que me prefter fon nom, cela me convient pour mes affaires; Ainfi je vous prie de n'y pas fonger, je vous en feray obligée.* LA COMTESSE DE FIESQUE.

On tirera peut-eftre encore d'autres inductions de ce billet; mais enfin pour ce qui regarde ces trois creanciers, on voit bien quel eftat on doit faire de leur avis: Et quand mefme on n'auroit pas ces preuves pofitives de leur dépendance, l'examen qu'on a fait du fentiment qu'ils appuyent, en adherant à l'oppofition dont il s'agit, juftifieroit affez qu'ils fuivent aveuglément les mouvemens que la demanderefe leur infpire.

Toutes ces raifons font voir que fon avis eft ruineux & confequemment que celuy des defendeurs eft preferable, & doit eftre eftimé celuy du corps; Ainfi ce fait eft certain & tres-bien établi, que les creanciers qui doivent eftre cenfez feuls & vrais proprietaires de la rente en demandent l'eftimation & l'amortiffement; D'où il s'en fuit que l'une des deux conditions que Loyfeau defire dans fa premiere hypothefe, pour faire ordonner lors du decret, le remboursement de la rente fonciere & non rachetable se rencontre icy, puisque cette condition est que celuy à qui la rente est deuë ne l'empesche pas.

Que le sieur de Chausserais debiteur de la rente ne sçauroit empescher & n'empesche pas effectivemēt ce rachat.

L'autre condition est que celuy qui la doit ait interest qu'on la rachete, or c'est l'interest du sieur de Chausserais, debiteur de cette rente.

1°. Tout saisi sur lequel on poursuit un decret forcé, a interest que sa Terre soit bien venduë.

2.° S'il vouloit empécher le rachat en opposant les termes, & la lettre de son Contract à tant de considerations, si fortes d'utilité commune, de justice & d'équité, il faudroit qu'il eust auparavant satisfait luy-mesme exactement aux clauses du Cōtract qui sont infiniment plus essencielles & plus importantes, & qu'il eust payé les grandes sommes qu'il doit, puisque c'est son inexecution si prejudiciable aux creanciers, qui ayant rendu le decret forcé, a mis les defendeurs dans la necessité de faire ordonner le rachat.

3° Aussi ne l'empéche-t-il pas. L'Arrest de defaut a esté rendu avec luy. Son silence pour lors a dû passer pour un veritable consentement, sur tout la demande luy estant avantageuse; mais presentement l'Arrest est censé contradictoire à son égard, puisqu'il ne s'y est pas opposé dans le temps prescrit.

Conclusion qu'on est dans les termes de la premiere hypothese de Loyseau, mais bien plus fortement.

Nous sommes donc au cas où la rente fonciere doit estre rachetée, puisque ces deux circonstances se rencontrent en mesme temps qu'il n'y a pas d'empéchement au rachat de la part de ceux à qui la rente est deuë, ni de celuy qui la doit, avec cette difference de plus que dans l'hypothese de Loyseau, tout l'interest se renferme entre un debiteur & un creancier de la rente, qu'on suppose tous deux dans la bonne foy & dans l'execution respective de leurs conventions, au lieu qu'on voit icy d'un costé un debiteur de la rente qui ne paye point, qui ne satisfait pas à l'execution de son Contract; & de l'autre, des creanciers mal-heureux que cette inexecution met en danger de perdre leurs debtes: puisqu'il se trouve donc un expedient juste, authorisé & avantageux à tout le monde qui repare en partie cette disgrace; ceux qui le veulent faire rejetter par des raisons impenetrables, meritent peu d'estre écoutez.

Voila le premier moyen fondé sur la raison & sur l'autorité d'un grand Jurisconsulte, pour faire voir que le rachat de la rente devroit estre ordonné quand tous les creanciers auroient non seulement approuvé, mais passé mesme le Contract d'échange, & qu'ils seroient les bailleurs de l'heritage; & quand ils n'auroient pas de plus vn second moyen plus fort encore & plus précis, dont nous allons parler; c'est à dire quand toutes leurs hypotheques au lieu d'estre anterieures, comme elles sont à la creation de la rente, y seroient posterieures.

LA feconde efpece dans laquelle Loyfeau eftime que la rente fonciere & non rachetable de fa nature doit eftre eftimée & rachetée, eft lors qu'il y a fur l'heritage qu'on decrete des hypotheques anterieures à la creation de la rente, ce qui eft appuyé fur le mefme principe qui a fervi de motif à la Jurifprudence des Arrefts cy-devant remarquez, qui ont ordonné le remboursement du fond du doüaire; fçavoir que le debiteur n'a pû prejudicier aux hypotheques, aufquelles fon heritage eftoit fujet en luy impofant vne rente fonciere.

SECONDE efpece de Loyfeau. Hypotheques anterieures à la rente fonciere.

Les defendeurs foûtiennent que l'affaire dont il s'agit, eft encore dans les termes de cette feconde hypothefe. La debte du fieur des Touches eft de mil fix cens cinquante-quatre, & confequemment anterieure à la rente; Cependant parcequ'il y a fur cette debte vn éclairciffement à donner indubitable à la verité, mais qui defire vne difcuffion plus ample, & que la pretention des defendeurs peut eftre fans cela tres-folidement établie, on traittera ce point feparément, afin que fi la longueur de ce Factum paroît ennuyeufe, on puiffe s'inftruire fuffifamment fans en voir le fecond article.

Qu'on eft icy dans cette feconde efpece.

La debte anterieure à la rente fonciere fur laquelle les defendeurs appuyent leur droit, eft celle des enfans mineurs de Monfieur de Brienne, ils font creanciers de trente mil livres de principal, & quinze mil livres d'arrerages dés l'année mil fix cens quarante-fept, & ils interviennent pour demander la confirmation de l'Arreft que les defendeurs ont obtenu.

Debtes des fieurs de Brienne anterieures.

Ce fait certain prouve nettement la neceffité du rachat, & l'on pouroit s'en tenir là, puifque les Arrefts établiffent la regle generale fans limitation, dans l'efpece mefme du doüaire, qui eft vne charge bien plus favorable qu'vne fimple rente fonciere; mais parce qu'on veut tout prevenir, & que l'Auteur qu'on a cité y apporte deux exceptions, on juftifiera de plus que l'affaire dont il s'agift n'y tombe point, & qu'elle demeure par confequent dans les termes de la maxime qu'on vient de propofer.

Les cas excepté où les debtes anterieures à la rente fonciere n'obligent pas d'en ordonner le rachat, fuivant l'opinion de Loyfeau eft; Quand les debtes anterieures font fi petites, que notoirement le prix de l'heritage en l'adjugeant à la charge de la rente fuffira pour les acquiter; Or on ne fçauroit dire qu'on foit ici dans cette efpece, car il faudroit pour cela que la debte des fieurs de Brienne dût eftre infailliblement payée fur le prix du decret; Et comme elle ne le peut eftre que dans fon ordre, il faudroit auffi que tout ce qui la precede fuft neceffairement acquitté; par exemple, les frais du decret & de l'ordre, douze mil livres, & les arrerages de cette fomme qui fait partie de la debte du fieur

Que le prix de la Terre ne fçauroit eftre notoirement fuffifant pour payer les debtes anterieures, fi la rente fubfifte des Touches,& pour raifon dequoi ayant efté fubrogé aux droits d'anciens creanciers du fieur Comte de Fiefque, il a fon hypotheque de 1636. & de 1640. Car quand on pourroit douter s'il a droit de pourfuivre de fon chef l'extinction de la rente fonciere, il eft indubitable, de quelque maniere que l'adjudication fe faffe, que les creanciers dont les hypotheques font pofterieures aux fiennes, ne peuvent eftre payez qu'aprés luy. Enfin, les autres debtes plus anciennes que celles des fieurs de Brienne, dont on n'a pas pris le foin de faire vne exacte recherche, parcequ'elle euft efté inutile, ce qui vient d'eftre remarqué, eftant affez fort pour en tirer la confequence que les defendeurs pretendent.

Car ce mot de prix notoirement fuffifant, dont Loyfeau fe fert, marque que le payement des creanciers anterieurs doit eftre affeuré, qu'il doit eftre impoffible qu'ils ne foient vtilement colloquez fur le prix de la Terre, & c'eft en effet vne fuite neceffaire du principe, que le debiteur par la creation de la rente fonciere n'a pû préjudicier en nulle maniere à fes creanciers anterieurs au bail à rente: Or on ne peut dire ici qu'il foit impoffible que la debte des fieurs de Briene & celles qui la precedent, ne foient payées fur le prix de l'adjudication, fupopofé que la Terre foit adjugée à la charge de la rente; car il eft extremement poffible qu'vne terre telle que Breffuire, dont le bail judiciaire n'eft que de cinq mil trois cens livres, ne foit pas venduë vingt, vingt-cinq, ou trente mil efcus, fi elle demeure fujette à vne rente fonciere & non rachetable, de dix mil livres.

Mais, enfin, parmi ces creanciers anterieurs dont on n'a pû ruiner les hypotheques par la creation de la rente, il y en peut avoir encore dont les interefts ne font pas moins importans que ceux dont on a parlé, & qui doivent eftre fort confiderez de la demandereffe, ce font Meffieurs fes enfans qui font creanciers de la fucceffion vacante de quatrevingts mil livres pour le fonds du doüaire. S'ils ont hypotheque, pour raifon de ce, fur Breffuire, elle eft conftamment anterieure à la rente fonciere, puifqu'elle eft du jour du Contract de mariage; veritablement on peut douter s'ils ont cette hypotheque, parceque dans la Coûtume de Poitou le doüaire n'eft pas propre aux enfans, mais auffi le doüaire leur ayant efté ftipulé propre, par une claufe expreffe du Contract de mariage, on peut dire qu'ils ont par la loy du Contract, ce qu'ils n'ont pas par la difpofition de la Coûtume. Il y auroit bien des chofes à dire fur ce fujet, mais fans entrer bien avant dans l'examen de la queftion, il eft certain que ce peut eftre de leur part vne pretention tres-bien fondée; & cela fuffit, pour faire que la Terre ne puiffe eftre adjugée à la charge de la rente à leur prejudice, car cette queftion ne fe peut decider qu'aprés l'adjudication en jugeant l'ordre, & fi par l'evenement ils eftoient mis en ordre pour cette debte, le prix n'eftant pas fuffifant pour les payer, à caufe de la rente fon-

Enfans mineurs de M. le Comte de Fiefque creanciers anterieurs, pour le fond du doüaire.

ciere qu'on auroit laiffée fur la Terre, il fe trouveroit que leur hypotheque anterieure auroit efté ruinée par la creation & la fubfiftance de la rente, & c'eft l'inconvenient qui doit eftre notoirement impoffible, où l'on doit eftre affeuré de ne pas tomber pour conferver la rente fonciere. D'où il s'en fuit que pour eftre icy dans les termes de l'exception, marquée par Loyfeau, il faudroit eftre affeuré que le prix de l'heritage hypotheque, c'eft à dire de la Terre de Breffuire, en l'adjugeant à la charge de la rente, dût fuffire infailliblement pour acquiter non feulement la debte des fieurs de Brienne & celles qui la precedent, mais mefme les quatre-vingts mil livres du fond du doüaire, ce qu'on ne peut avancer raifonnablement.

Il feroit inutile de dire que les enfans du fieur Comte de Fiefques ne font pas oppofans au decret, car on fçait que cette oppofition eft recevable jufques au decret fcellé, & l'on ne peut prefumer que ceux qui font chargez de la tutelle l'obmettent, puifqu'ils ne le pourroient faire fans trahir les interefts de leurs pupiles. On ne peut dire non plus qu'ils ne fe plaignent pas de la creation de la rente, ni du préjudice qu'ils en peuvent recevoir, & qu'ils n'en demandent pas le rachat; car fans examiner les raifons que leurs Tuteurs peuvent avoir de garder le filence en cette rencontre, il eft certain qu'ils font encore mineurs, puifque le Contract de mariage de Monfieur le Comte de Fiefques leur pere n'eft que du mois d'Avril 1644. Or on fçait que la Cour d'office pourvoit à la confervation des droits des mineurs, nonobftant la negligence de leurs Tuteurs, & Meffieurs les Gens du Roy qui ont pris communication de la caufe, verront ce qu'ils auront à remontrer & à requerir pour eux.

*Que leur oppo-
fition aux criées
eft recevable
jufqu'au decret
fcellée.*

*Le filence de
leurs Tuteurs
ne leur peut
nuire.*

On a donc fatisfait à ce qu'on s'eftoit propofé de montrer, qu'y ayant deux cas & deux efpeces où la rente fonciere & non rachetable doit eftre eftimée & rachetée. Le fait dont il s'agit fe trouve dans l'une & l'autre hypothefe, puifque d'une part c'eft l'intereft & l'avantage commun d'en ufer ainfi, ce qui oblige toutes les parties non feulement de ne le pas empécher, mais mefme de le defirer, & que de l'autre, les creanciers anterieurs à la rente ont eu droit de le faire ordonner.

*Derniere Con-
clufion.*

On ne prevoit pas ce qu'on pourroit oppofer à de fi fortes raifons, fi ce n'eft, peut-eftre que la rente, ayant efté énoncée dans la faifie réelle comme une charge de la Terre, c'eft changer la nature & la condition du bien faifi que de l'affranchir en ordonnant le rachat de la rente; Mais cette objection eft fi foible qu'apparemment on ne s'avifera pas de la faire; car puifque les oppofitions afin de charge font recevables jufqu'au congé d'adjuger, à plus forte raifon les demandes afin de décharge le font auffi jufques à ce mefme terme. Si la Terre avoit efté faifie fans y faire mention de la rente fonciere, l'oppofition afin de charge, pourroit eftre aujourd'huy formée; à plus forte raifon la Terre ayant efté faifie avec la charge de la rente, cette charge peut eftre à prefent levée, puifque c'eft égale-

*Réponfe à l'ob-
jection que la
Terre a efté fai-
fie reellement
comme fujette
à la rente.*

ment changer la nature & la confiftance du bien faifi que de le charger, ou le defcharger d'une rente fonciere ; & la difpofition de la Couftume fur ce fujet, fait affez voir qu'il fuffit que la qualité des biens qu'on decrette, foit certaine & immuable lors du congé d'adjuger, qui precede l'affiche à la quarantaine, & jufques auquel on peut mefme retrancher la plus grande partie des fonds compris dans la faifie par le jugement des oppofitions afin de diftraire.

Cette réponfe eft fi decifive, qu'il eft inutile, aprés cela, de faire obferver que le bien faifi, pouvant eftre déchargé du doüaire fuivant la jurifprudence des Arrefts, & des rentes foncieres, à plus forte raifon fuivant l'avis de Loyfeau, on ne peut dire que la faifie réelle l'empéche, puifqu'elle precede neceffairement ces changemens & ces queftions, qui ne peuvent eftre qu'incidentes au decret.

SECOND

SECOND ARTICLE.

Que le sieur des Touches comme creancier anterieur à la rente foncière, en peut demander de son chef l'estimation & le rachat.

ON a fait voir clairement dans la premiere Partie de ce Factum que le fait dont il s'agit est precisément dans les deux hypotheses & les deux especes, dont l'vne ou l'autre suffit pour faire ordonner l'évaluation & le remboursement de la rente foncière & non rachetable, suivant l'opinion de Loyseau qui n'est fondée que sur des raisons convaincantes de justice & de bon sens, & qui se trouve confirmée par la Iurisprudence des Arrests qu'on a remarquez.

Mais pour montrer encore plus fortement qu'on est dans les termes de la seconde hypothese, qui est celle des hypotheques anterieures, les deffendeurs prouveront dans cette suite de leur Factum que le sieur des Touches a droit de son chef de former cette demande pour raison de toute sa rente, qui est de quatre-vingts dix mil livres de fond, avec plusieurs années d'arrerages qui en sont deuës.

Cette preuve n'est pas difficile, puisqu'il suffit pour cela de dire que son Contract de constitution est de 1654. & consequemment anterieur à la creation de la rente foncière qui est du 3. Fevrier 1657. jour du Contract d'échange. Mais on objectera sans doute que par vn acte enoncé dans l'Arrest du 24. Iuillet 1666. Il a consenti l'execution du Contract, qui est le Titre originaire de la rente foncière & non rachetable, & par consequent qu'il n'est plus en droit de pretendre qu'on ne l'a pu imposer sur la Terre au prejudice de ses hypotheques anterieures.

Hypotheque du sieur des Touches de 1654.

Objection du consentement par luy donné à l'execution du Contract.

Voici quel est ce consentement enoncé dans l'Arrest du 24. Iuillet 1666. *Bordel Advocat, en vertu du pouvoir special à luy donné par ledit sieur des Touches a dit qu'il consentoit l'execution dudit Contract d'échange, mesme le payement fait à ladite Dame de Fiesque de la somme de soixante-dix mil livres, ce faisant que son opposition soit convertie en saisie, au cas seulement que ledit Contract soit executé, & après le consentement desdites Dames Dangennes, Duchesne, & de Saunois, que ledit sieur des Touches soit payé avant elles, sinon où la Cour declareroit ledit Contract resolu, que sondit consentement ne luy pourroit prejudicier, & qu'il demeureroit conservé en tous ses droits.*

Termes de ce consentement.

Il paroist par les termes de ce consentement qu'il n'est pas absolu ni pur & simple, mais qu'il est conditionné & restraint par cette clause expresse, *Au cas seulement que le Contract soit executé.* S'il n'a donc pas esté executé, ce consentement est inutile. Or est-il que depuis ce jour le Contract n'a esté executé en nulle maniere, l'execution dépendoit toute du sieur de Chausserais acquereur seul, parce que le Vendeur avoit sa-

Premiere Response, Qu'il est conditionné, & que la condition n'est pas purgée.

C

tisfait de sa part dés l'inſtant du Contract, en mettant l'acquereur en poſſeſſion. Or bien loin que le ſieur de Chauſſerais ait executé le Contract, il n'a rien fait depuis ce temps-là de toutes les choſes auſquelles il eſtoit obligé; Il n'a payé ni les cent mil livres de reſte du prix, & les intereſts, ni les arrerages de la rente fonciere; il n'y eut donc jamais d'inexecution plus viſible, puiſque le prix de la terre n'a pas eſté payé, qui eſt l'eſſence de l'execution du Contract de vente: Ainſi la condition n'eſtant pas accomplie, ce conſentement ne peut eſtre tiré à conſequence.

Reſerve moins étenduë, que la condition ne l'affoiblit pas.

✕ *qui par conſequent ſe trouve confirmé*

Que ſi dans la ſuite de l'acte le ſieur des Touches declare qu'il reſerve ſes droits, en cas que la Cour prononçaſt la reſolution du Contract; c'eſt vne application de cette condition à vn cas particulier dont il s'agiſſoit pour lors, qui n'empeſche pas que la condition ne ſubſiſte dans ſa generalité. Il eſt fort ordinaire dans le langage des hommes d'appliquer ainſi des clauſes generales à des eſpeces particulieres, ſoit qu'elles ſoient plus communes, ou parce qu'il ne s'en preſente pas alors d'autres à l'eſprit; mais cela ne détruit pas la generalité de ces clauſes. Et bien que celuy qui contracte ſous condition après l'avoir bien exprimée, ne conçoive & n'exprime dans la reſerve qu'il fait en ſuite de ſes droits, qu'vne eſpece où la condition puiſſe defaillir; Il eſt certain neantmoins que lorſqu'il arrive vn autre cas impreveû tel qu'il puiſſe eſtre qui empeſche l'accompliſſement de la condition, l'acte n'eſt plus obligatoire.

Cela ne peut ſouffrir de difficulté, puiſque la clauſe qui reſerve les droits au cas que la condition manque eſt ſuperfluë, que la pluſpart du temps on n'en fait nulle mention, & qu'ainſi quand elle auroit eſté meſme tout à fait obmiſe, la ſtipulation de la condition n'en ſeroit pas affoiblie.

Contract non executé par l'adveu de la demandereſſe.

Enfin s'il pouvoit reſter quelque ſcrupule ſur ce ſujet, & s'il eſtoit permis de douter encore après ces éclairciſſemens ſi la condition eſt accomplie ou non, ſi l'on doit dire que le Contract ſoit executé, parce que la Cour ne l'a pas declaré reſol, ou qu'il ne ſoit pas executé, parce que le ſieur de Chauſſerais n'a pas payé le prix de la Terre, on ſe rapporteroit pour décider ce differend à vn Iuge qui ne ſçauroit eſtre ſuſpect à la demandereſſe, & qu'elle auroit de la peine à recuſer. C'eſt elle-meſme qui dans ſes Requeſtes du 2. Mars & 1. Septembre 1667. enoncées dans l'Arreſt du 7. du meſme mois, qui la ſubroge à la pourſuite du decret, conclud en ces termes: *A ce qu'il ſoit inceſſamment procedé à ſa diligence aux criées, vente & adjudication par decret de la terre de Breſſuire, & les ſieur & Dame de Chauſſerais condamnez en ſes dépens, dommages & intereſts, faute d'avoir de leur part executé le Contract de vente de ladite Terre du 3. Fevrier 1657.*

Le Contract n'a donc pas eſté executé par l'adveu meſme & la reconnoiffance de la demandereffe, & confequemment la condition du confentement n'eftant pas accomplie, ce confentement ne fçauroit eftre objecté.

Mais pour refuter encore plus fortement, s'il eft poffible, cette objection, & refoudre la difficulté dans fon principe, on fouftient que ce confentement n'a pas efté donné à l'execution du Contract indéfiniment; mais au cas du decret volontaire feulement; que c'eft vne fimple converfion de l'oppofition aux criées en faifie fur le prix, c'eft à dire vn fimple confentement au decret volontaire, & que fi l'execution du Contract y eft exprimée, ce n'eft que comme vne condition & vne dépendance de ce decret qui l'enferme, & qui la fuppofe; & qu'ainfi comme au cas du decret volontaire le fieur des Touches ne pourroit plus empefcher l'execution du Contract aprés fon confentement, auffi le decret ceffant d'eftre volontaire on ne peut plus l'aftreindre à l'execution du Contract en vertu du mefme confentement.

Seconde Réponfe, Qu'il n'eft donné qu'au cas du decret volontaire.

Et que le decret eftant forcé, il n'a plus de lieu.

Pour éclaircir cette réponfe, il faut expliquer exactement le Fait dont on a dit peu de chofe au commencement. Le 3. Fevrier 1657. le fieur Comte de Fiefque ~~traita par efchange~~ de fa terre de Breffuire avec le fieur de Chaufferais aux conditions ci-deffus marquées.

Explication plus particuliere du fait.

† paffa le contract d'alienation (manuscript note)

En execution le fieur de Chaufferais paya à la demandereffe comme fondée de procuration pour recevoir dudit fieur Comte de Fiefque foixante-dix mil livres à déduire fur le prix du Contract, & commença à pourfuivre le decret volontaire fuivant la convention; Dans la fuite les creanciers de Monfieur le Comte de Fiefque ayant formé leurs oppofitions aux criées, le fieur de Chaufferais pretendit qu'il eftoit furvenu des empefchemens à l'execution du Contract provenans du fait de fes vendeurs par deux raifons. 1. Parce que les creanciers ne reconnoiffoient pas le payement de foixante-dix mil livres fait à la demandereffe. 2. Parce que leurs oppofitions empefchoient l'effet du decret volontaire; & fur ces deux fondemens il demanda la refolution du Contract avec tous dépens, dommages & interefts contre elle, comme caution folidaire de la vente.

Ce differend qui eftoit pendant à la Cour fur l'appel d'vne Sentence du Chaftelet precedée de plufieurs autres demandes & procedures dont la deduction feroit inutile, fut terminé par vn Arreft contradictoire du 19. Septembre 1665. qui condamna la demandereffe & le Curateur à la fucceffion vacante de lever dans fix mois les deux empefchemens ci-deffus marquez, 1. de faire approuver aux creanciers le payement de foixante-dix mil livres, 2. de leur faire confentir l'execution du Contract, & convertir leurs oppofitions aux criées en faifies fur le prix, autrement & à faute de ce faire, que le Contract demeureroit refolu avec dommages & interefts.

C ij

Le 13. Juin 1666. la Dame de Fiefque prefenta Requefte tendante à ce qu'il luy fuft donné vn delay de quatre mois *pour fatisfaire au precedent Arreft.*

Le 30. Juin le fieur de Chaufferais demanda qu'elle en fuft deboutée, & que l'on fift droit fur fes dommages & interefts refultans de la refolution du Contract, *faute d'avoir fatisfait à l'Arreft dans le temps.*

Le 8. Juillet la Dame de Fiefque fe voyant preffée donna vne feconde Requefte à la Cour, & demanda *Que les creanciers fuffent tenus d'accorder leur confentement, finon & en cas de refus, qu'ils fuffent condamnez à l'acquitter des dommages & interefts qu'elle fouffriroit à caufe de l'inexecution du Contract par le fait & faute des creanciers refufans.*

En confequence le 20. Juillet le fieur des Touches donna fon confentement aux termes cy-devant exprimez.

Preuve que le confentement n'eft donné qu'au cas du decret volontaire.

Il refulte clairement de ce fait, que l'Arreft de la Cour du 19. Septembre 1665. ayant condamné la Dame de Fiefque a fournir le confentement des creanciers, la Dame de Fiefque ayant demandé d'abord du temps pour fatisfaire à l'Arreft, ayant conclu enfuite à ce que les creanciers fuffent tenus d'accorder ces confentemens, & en confequence le fieur des Touches ayant donné le fien comme l'Arreft l'avoit prefcrit, il eft évident que ce confentement eft tel que l'Arreft l'avoit ordonné, & condamné la demandereffe à le fournir.

Or le confentement des creanciers à l'execution du Contract qu'elle a efté condamnée de fournir par l'Arreft du 19. Septembre 1665. n'eft qu'à l'effet & au cas du decret volontaire, & n'eft autre que celuy qui eft enfermé dans la fimple converfion de l'oppofition en faifie fur le prix qui comprend & prefuppofe l'execution du Contract à la verité, mais feulement comme vne fuite & vne condition du decret volontaire.

La Cour par cét Arreft n'a pu condamner la demandereffe à rien faire au delà de ce qu'elle avoit promis, & de ce que le fieur de Chaufferais avoit droit de pretendre. Or le fieur de Chaufferais ne pouvoit pretendre, & n'a jamais pretendu en effet autre chofe que le confentement des creanciers au decret volontaire.

1. Ce confentement n'eftoit neceffaire que pour ce decret.

Premierement, les creanciers ne peuvent empefcher le Seigneur de l'heritage d'en difpofer comme il veut, parce que l'alienation ne purge pas les hypotheques; ainfi ce n'eft point pour cela qu'on leur demande leur confentement, puifqu'on n'en a pas befoin; mais ils peuvent empefcher le decret volontaire par leurs oppofitions aux criées, parce qu'ils ont droit de faire adjuger l'heritage, non pas à l'acquereur aux conditions du Contract, icy par exemple à la charge de la rente fonciere, & pour cent foixante & dix mil livres; mais librement & fans charge au plus offrant & dernier encheriffeur. Donc puifque c'eft feulement fur le decret volontaire que tombe l'empefchement, le confentement neceffaire pour le lever, ne peut avoir plus d'étenduë.

2. Lorfque le fieur de Chaufferais a acquis la Terre, il n'a pas ignoré qu'elle eftoit hypothequée aux creanciers de fon vendeur, puifqu'il a ftipulé le decret volontaire pour purger les hypotheques, comme la claufe le porte expreffément; cependant, il n'a pas pris d'autre precaution pour fe garentir des empefchemens qui luy pourroient furvenir de la part des creanciers, finon de ftipuler ce decret ; & voicy les termes aufquels la claufe eft conceuë.

A efté en outre accordé entre lefdits contractans, efdits noms, que lefdits Seigneur & Dame de Chaufferais pourront faire decreter fur eux, & à leurs frais ladite Terre & Baronie & chofes cy-deffus efchangées, pour en purger les hypotheques dans la fin de la prefente année 1657. & s'en rendre adjudicataires aux charges, rentes & aux termes cy-deffus; & en cas qu'audit decret il intervienne quelques oppofitions, & empefchemens de la part d'iceux Seigneur & Dame de Fiefque, ils feront tenus de les faire lever & ceffer quinze jours aprés qu'elles leur auront efté notifiées.

Ainfi, quand le fieur de Chaufferais parle des empefchemens, & qu'il oblige fes vendeurs à les faire lever & ceffer, il ne parle que des empefchemens qui furviendront au decret volontaire ; fa prevoyance ne va pas plus loin; auffi n'avoit-il rien à defirer au delà, car il ne pouvoit pretendre que la liberté de fe rendre maiftre de la Terre, aux conditions portées par fon Contract, & de purger les hypotheques en executant le Contract luy-mefme ; or le decret volontaire produit tous ces effets-là, & jamais acquereur ne s'eft avifé de prendre d'autres precautions.

En effet, fi par l'évenement le fieur de Chaufferais ne devient pas proprietaire incommutable de la Terre, aux conditions du Contract, l'empefchement ne vient pas des creanciers qui ont fatisfait à tout en confentant le decret volontaire, mais de la part du fieur de Chaufferais mefme, qui n'ayant point executé le Contract, ni payé le prix, a mis la demandereffe dans la neceffité de changer l'eftat du decret, & de le rendre forcé en fe faifant fubroger à la pourfuite des criées, pour faire adjuger la Terre, non plus au fieur de Chaufferais acquereur, aux conditions, & aux termes du Contract, mais au plus offrant & dernier encheriffeur.

Le fieur de Chaufferais n'ayant donc ftipulé que le decret volontaire, & la ceffation des empefchemens qui y furviendroient, la Dame de Fiefque n'ayant rien promis de plus, il eft évident que la Cour par fon Arreft du 19. Septembre 1665. ne l'a pû condamner à fournir d'autres confentemens que ceux qui eftoient neceffaires de la part des creanciers pour faire interpofer ce decret, & en faire ceffer les empefchemens; & par confequent, que le confentement du fieur des Touches, en execution de cét Arreft, eft de cette nature.

Mais il eft fuperflu de démontrer cette verité par des raifonnemens, puifqu'il y en a des preuves de fait fenfibles & convaincantes. Les en-

C iij

3. Confentemēt des fieurs de Brienne jugé fuffifant, bien qu'il ne contienne que la converfion de l'oppofition.

fans mineurs de Mr de Brienne creanciers d'vne grande fomme, ont fimplement confenti la converfion de leur oppofition aux criées en faifie fur le prix, & cependant la Cour a jugé qu'il n'y auoit rien à defirer de plus : que par ce moyen, la demanderefle auoit fatisfait à l'Arreft, & en confequence, fans auoir égard à la demande du fieur de Chaufferais, elle eft demeuré fubrogée à la pourfuite des criées : Or il eft évident que la fimple converfion de l'oppofition en faifie, n'eft qu'à l'effet & au cas du decret volontaire feulement ; car lorfqu'vn creancier convertit fon oppofition, il ne fait autre chofe que confentir le decret volontaire, il n'approuue pas le Contract directement, mais parce que l'execution du Contract eft infeparable du decret volontaire, le confentement qu'il donne emporte auffi l'execution du Contract, entant qu'elle eft vne dépendance & vne fuite neceflaire de ce decret : mais lorfque ce decret ceffe d'auoir lieu, ce qui n'en eftoit qu'vne fuite ceffe auffi ; le creancier rentre en droit de former de nouveau fon oppofition, & par ce moyen le confentement qu'il a donné à la converfion de fon oppofition, & toutes les fuites du confentement s'aneantiffent.

Que le confentemēt des fieurs de Brienne n'eft different de celuy du fieur des Touches, que dans les termes, & non dans le fens.

Cette raifon de fait eft demonftrative, & elle juftifie pleinement que le confentement des creanciers, ordonné par l'Arreft du 19. Septembre 1665. n'eft qu'à l'effet & au cas du decret volontaire ; & il s'enfuit de là, qu'encore que le confentement des fieurs de Brienne foit moins eftendu dans les termes que celuy du fieur des Touches, encore que l'vn ne fafle mention que de la converfion de l'oppofition, & que l'autre exprime l'execution du Contract, ils ne fignifient neantmoins tous deux que la mefme chofe, la difference n'eft que dans les paroles & non dans le fens, & ne confifte qu'en ce que le confentement à l'execution du contract, au cas du decret volontaire, eft fous-entendu dans l'vn & qu'il eft exprimé dans l'autre.

Et ce qui a caufé cette diverfité d'expreffion, n'eft pas difficile à appercevoir, c'eft qu'encore que le fieur de Chaufferais ne pûft pretendre, ni la Cour ordonner par confequent autre chofe que le confentement des creanciers au decret volontaire, c'eft à dire la fimple converfion de l'oppofition en faifie ; neantmoins parce que cette converfion enferme neceffairement, comme on l'a marqué, l'execution du Contract aux fins de ce decret, qu'elle y eft fous-entenduë, qu'on ne peut confentir le decret volontaire & la converfion de l'oppofition, qu'on ne confente l'execution du Contract en mefme temps, la Cour l'a exprimé nommément, & a dit que la Dame de Fiefque feroit confentir les creanciers à l'execution du Contract & à la converfion de leurs oppofitions ; Enfuite dequoy le fieur des Touches dans l'expreffion de fon confentement, a fuivi les termes de l'Arreft, & les fieurs de Brienne au contraire fe font contentez d'exprimer ce qui eftoit neceffaire, fans expliquer ce qui eftoit enfermé & fouf-entendu. Voilà tout le myftere; mais foit que l'execution du Contract foit fouf-entenduë, ou qu'elle foit exprimée dans ces confente-mens, il eft clair qu'elle eft toujours limitée au cas du decret volontaire feulement, puifque le fieur de Chaufferais n'avoit droit de demander à fes vendeurs que le confentement des creanciers au decret volontaire, que la demandereffe n'avoit promis autre chofe, & que la Cour l'a jugé precifément, en admettant de la part des fieurs de Brienne la fimple con-verfion de leur oppofition en faifie, comme vn confentement fuffifant pour fatisfaire à fon Arreft du 19. Septembre 1665.

Il y a plus, car non feulement ces raifons prouvent quel eft le fens du confentement du fieur des Touches, mais ce fens eft éclaircy & confir-mé par les termes mefmes que voicy : *Bordel, Advocat pour le fieur des Touches a dit qu'il confentoit l'execution du Contract d'efchange, mefme le payement des foixante & dix mil livres ; Ce faifant, que fon oppofition foit convertie en faifie.* Cette liaifon, ce terme, *ce faifant*, qui joint & qui lie l'execution du Contract à la converfion de l'oppofition, fait voir que ce n'eft qu'vne mefme chofe. Et comme à prefent que le decret eft devenu forcé, & que le fieur des Touches a formé de nouveau fon oppofition aux criées, fi l'on vouloit l'en empefcher, en luy objectant qu'il a confenty que cette oppofition fuft convertie en faifie fur le prix, il refpondroit que l'obiection eft frivole, parce que cette converfion fuppofe que le decret demeure volontaire : De mefme lorfqu'on luy objectera fur le fujet dont il s'agit, le mefme confentement avec auffi peu de raifon, il n'au-ra qu'à faire la mefme refponfe.

Voilà quel eft le confentement des deffendeurs à l'execution du Con-tract, & en effet on doit confiderer que ce confentement limité dans fes juftes bornes, à donné à la demandereffe vn tres-grand avantage, & tout ce qu'elle pouvoit raifonnablement defirer, en oftant au fieur de Chauf-ferais tout fujet de plainte, & par confequent le droit qu'il avoit de de-mander contre elle la refolution du Contract, avec tous dépens, domma-ges & interefts; & l'on peut dire qu'il eft en mefme temps affez innocent à l'égard des creanciers qui l'ont accordé, pourveu qu'on ne luy donne pas plus d'eftenduë qu'il n'en doit avoir, & qu'il demeure reftraint à l'ef-fet & au cas du decret volontaire: car il faut remarquer que ce decret ne fçauroit avoir lieu qu'avec l'execution parfaite du Contract, par le fieur de Chaufferais, & que le fieur de Chaufferais pour executer le Contract, doit payer vne fomme tres-confiderable de trois cens mil livres, pour le refte du prix & les interefts, & pour les arrerages de la ren-te fonciere, d'où il s'enfuit que ce confentement ne pouvoit jamais eftre tiré à confequence qu'on ne payaft actuellement ces fommes. Ainfi lorf-que les deffendeurs l'ont accordé, ils ont bien jugé qu'il ne leur pouvoit eftre fort nuifible, car fi le decret volontaire euft eû lieu, la Terre eut

Que l'exention de ce confentement hors le cas du decret volontaire eft tres-injufte.

esté veritablement adjugée à la charge de la rente au profit du sieur de Chausserais, mais les creanciers eussent trouvé leur dédommagement, au moyen des payemens qu'il eust faits pour parvenir à ce decret; au contraire, le decret volontaire n'ayant pas de lieu, les creanciers ne reçoivent pas à la verité ces sommes si considerables, & il ne reste plus qu'vne simple action au Curateur à la succession vacante en vertu du Contract contre le sieur de Chausserais, ruiné & insolvable, & vne pretention incertaine contre les heritiers du sieur de la Rochefaton, dont la solvabilité d'ailleurs n'est pas connuë, quand ils seroient condamnez. Mais comme en ce cas que le decret volontaire n'ait pas de lieu, le consentement des creanciers n'a plus d'effet, ils rentrent dans leurs droits & dans la liberté naturelle qu'ils ont de faire adjuger la Terre, sans la charge de la rente, en vertu de leurs hypotheques anterieures.

On ne sçauroit s'imaginer qu'vne personne d'honneur, comme la demanderesse, voulût abuser de ce consentement pour perdre ceux qui l'ont accordé si favorablement afin d'empescher sa perte; mais si les gens à qui elle a abandonné la conduite de ses affaires en avoient le dessein, s'ils vouloient estendre ce consentement au delà de ses termes, il est aisé de voir ce qu'on devroit juger d'vne pretention si étrange & si déraisonnable, puisque ce seroit faire souffrir aux deffendeurs le préjudice du Contract, sans qu'ils en receussent en mesme temps l'vtilité contre l'intention & la nature de ce consentement, qui n'estant donné qu'à l'effet du decret volontaire, s'aneantit lorsque le sieur de Chausserais ne paye pas, & qu'en consequence, le decret devient forcé, comme il est à present, au moyen des poursuites que la demanderesse a faites elle-mesme, & des Arrests qu'elle a obtenus pour se faire subroger à la poursuite des criées.

Il est difficile ce semble de rien adjouster à des moyens si forts, cependant on peut aller encore plus loin & prouver que quand on supposeroit à plaisir que le consentement dont il s'agit, ne se reduiroit pas au decret volontaire, qu'il seroit indefiny & pur & simple, la demanderesse ne pourroit neantmoins s'en prevaloir pour empescher le rachat de la rente par deux raisons.

Ce consentement donné au sieur de Chausserais, & ne peut estre par consequent objecté par la demanderesse.

1. Parce que quand on pourroit objecter ce consentement, aucun autre que le sieur de Chausserais ne le pourroit faire, c'est à luy seul qu'il a esté donné, c'est luy seul aussi qui peut en prendre les avantages, il est en sa liberté d'y renoncer ou de ne s'en pas servir, ce qui est la mesme chose: or il ne s'en sert pas en effet en cette occasion, parce que le rachat de la rente ne luy fait aucun préjudice, & par consequent, il est vray de dire que quand la demanderesse oppose ce consentement elle allegue le fait d'vn tiers.

Arrest de partage intervenu sur la dis-

2. Lorsque le sieur des Touches a consenty l'execution du Contract, il subsistoit en son entier; mais il a receu depuis vne furieuse atteinte & vne

une grande diminution. Le fieur de Chaufferais avoit donné en efchan-ge par ce Contract une rente de cinq mil livres à prendre fur le fieur de la Rochefaton ; mais fes heritiers ont demande depuis d'en eftre déchar-gez, parce qu'ils ont pretendu que dans le temps mefme du Traitté la de-manderefle avoit eu connoiffance d'une contre-lettre du fieur de Chaufle-rais, par laquelle il reconnoiffoit que cette rente eftoit feinte, & qu'elle n'avoit efté conftituée que pour luy faire plaifir & faciliter l'efchange, & fur ce fondement que la demanderefle n'avoit pas ignoré la contre-lettre il e ft intervenu fur ce differend un Arreft de partage, où l'advis favorable aux heritiers du fieur de la Rochefaton l'emporte d'une voix. Ce qui don-ne fujet au fieur des Touches, & aux autres defendeurs de remontrer au-jourd'huy fubfidiairement & indépendamment de tous leurs autres moyens, que s'ils ont confenty l'execution du Contract, c'eft l'execu-tion du Contract felon fa forme & teneur, & dans toute fon étenduë ; mais que fi pofterieurement à leurs confentemens le Contract reçoit ces alterations fi effentielles dans fa fubftance & ces changemens fi rui-neux, il n'eft pas raifonnable que leurs confentemens fubfiftent, & que ceux qui les ont donnez fouffrent tout le prejudice du Con-tract, & qu'ils en perdent l'utilité toute entiere. C'eft une loy qui ne leur peut eftre impofée ; & il s'enfuit de là, que jufques à ce que la de-manderefle ait fait confirmer le Contract en fon entier, & qu'elle ait obtenu un Arreft de condamnation contre les heritiers du fieur de la Ro-chefaton, les confentemens dont il s'agit, ne peuvent eftre tirez à con-fequence, parce qu'il n'y auroit rien de plus contraire à la Juftice & à la raifon, que de faire fouffrir aux defendeurs par avance, & d'une matiere qui ne pourroit eftre reparée, le prejudice du Contract, lorfqu'il eft in-certain fi on leur en pourra conferver les feuretez & les avantages.

charge preten-duë par les he-ritiers du fieur de la Roch fa-te 2. détrui. ce confentement.

Mais ce qui fortifie encore ce dernier moyen à l'égard du fieur des Touches, eft qu'avant fon confentement la demanderefle comme procu-ratrice du fieur de Fiefques, fon mary, luy avoit tranfporté la moitié de cette rente, deuë en apparence par le fieur de la Rochefaton, qui mon-toit avec les arrerages à une fomme de foixante mil livres, lorfque le confentement fut accordé, & ce fut une des principales confiderations qui y engagerent le fieur des Touches, parce que ce tranfport contribuoit beaucoup à la feureté de fa debte.

La demanderefle dans fa Requefte d'oppofition a tégmoigné qu'el-le craignoit que le fieur de Chaufferais ne prift avantage de l'Arreft qui ordonne le rembourfement de la rente fonciere, pour pretendre de nouveau la refolution du Contract ; mais c'eft une vaine apprehenfion, & le rachat de la rente ne peut faire naiftre cette pretention par plu-fieurs raifons.

Que le fieur de Chaufferais ne peut tirer au-cun avantage du rachat de la rente pour pre-tendre de nou-veau la refolu-tion du Con-tract.

I. Loyfeau ne dit pas qu'aux deux cas par luy remarquez, le Contract le Bail à rente doive eſtre reſolu, mais que la rente, quoy que non racheta-ble, doit eſtre eſtimée & rachetée. Ce qui ſuppoſe que le Contract demeu-re & ſubſiſte: Car ſi le Bail à rente eſtoit reſolu, il n'y auroit plus de ren-te ni de rachat à faire, mais le bailleur, au lieu de receuoir de l'argent pour le rembourſement de la rente, redeuiendroit proprietaire de ſon heritage aliené par le Bail à rente reſolu, & la rente s'aneantiroit.

Et ſi l'on veut penetrer le motif de cette deciſion, on verra qu'il eſt tres-ſolide & tres-ſage dans l'vn & l'autre cas, au premier ſans difficulté, puiſque les deux parties y conſentent: au ſecond auſſi, car on doit conſi-derer d'vne part que les hypotheques conſtituées ſur vn heritage, n'oſtent pas au proprietaire la liberté de le vendre, de l'eſchanger, de l'aliener, & d'en diſpoſer comme il luy plaiſt, parce que les hypotheques ſuiuent le fonds; ainſi elles ne l'empeſchent pas de le mettre hors de ſes mains par vn Bail à rente: D'autre part, il eſt juſte & neceſſaire que ces hypothe-ques ne reçoiuent pas d'alteration, ni de prejudice par l'alienation: De ſorte que, lorſqu'on vient à decreter l'heritage, ſi l'on peut accorder ces deux choſes enſemble & les faire ſubſiſter, conſerver la rente fonciere & le droit des creanciers anterieurs, on le fait; & c'eſt le cas marqué par Loyſeau, quand les debtes anterieures ſont ſi petites, ou la rente fonci-re ſi modique que le prix de l'heritage ſuffiroit notoirement pour les ac-quiter, en l'adjugeant à la charge de la rente; mais lorſqu'on ne peut ac-corder ces deux choſes, la ſubſiſtance de la rente & l'intereſt des crean-ciers anterieurs, la difficulté ſe forme, parceque d'vn côté reſoudre le Contract, ce ſeroit bleſſer le droit que le proprietaire a eu de diſpoſer de ſon bien, le confirmer auſſi purement & ſimplement, ce ſeroit nuire au droit des creanciers qui eſt encore plus favorable. Ainſi pour éviter l'vn & l'autre inconvenient, on a recours à l'expedient propoſé du rembourſe-ment de la rente fonciere qui concilie tout, ſauve les differens intereſts, & ne nuit point au preneur à rente, puiſqu'il luy eſt égal lors du decret que le bailleur conſerve la rente ſur l'heritage, ou qu'il en prenne l'eſtimation ſur le prix, ſans qu'au ſurplus le Contract reçoive aucune alteration, com-me lors que le douaire d'vne veuve conſiſtant en uſufruit ou en une pen-ſion viagere & non rachetable, eſt eſtimé & rembourſé à cauſe des hypo-theques anterieures, ſuivant la Juriſprudence des Arreſts, le Contract de mariage ne laiſſe pas au ſurplus de ſubſiſter en ſon entier.

II. Le ſentiment de Loyſeau, & la raiſon qu'on vient d'obſerver font voir que le preneur à rente, bien qu'il ait payé les arrerages, & ſatisfait de ſa part exactement aux clauſes de ſon Contract, ne peut empeſcher neantmoins qu'on n'uſe de cet expedient innocent & neceſſaire lorſqu'on y eſt obligé à cauſe des hypotheques anterieures, & qu'il n'a pas droit ni ſujet de s'en plaindre; mais quand cette propoſition ne ſeroit pas auſſi juſte qu'elle eſt dans la theſe generale, il y a vne raiſon particuliere

qui suffit seule pour la rendre indubitable à l'égard du sieur de Chaufferais, c'est qu'il n'a point executé le Contract, ni payé le prix & les arrerages de la rente, & que c'est cette inexecution si ruineuse aux creanciers, qui ayant rendu le decret forcé, oblige les deffendeurs à faire
ordonner le rachat de la rente foncière; car comme on a déja dit, si le
sieur de Chaufferais eust executé de sa part, s'il eust payé, la Terre luy
eust esté adjugée aux conditions du Contract, & à la charge de la rente
par le moyen du decret volontaire en consequence du consentement accordé par les creanciers, le Contract & le decret volontaire eussent eu
leur libre & paisible execution; ainsi le sieur de Chaufferais estant l'u-
nique cause de ce changement, il seroit ridicule de s'imaginer qu'il en
pût tirer aucun avantage: En un mot, un acquereur a droit de demander la resolution du Contract avec tous dépens, dommages & interests
(comme le sieur de Chaufferais faisoit avant le consentement des dé-
fendeurs) lorsque l'empéchement vient du fait du vendeur, mais non
pas lorsque l'empéchement vient de son fait propre & de son inexecution.

III. Non seulement le rachat de la rente est un effet de l'inexecution
du Contract que le sieur de Chaufferais se doit par consequent imputer,
mais il se trouve d'ailleurs que ce rachat luy est tres-utile, comme on
l'a ci-devant observé, parce que le seul effet qu'il produit est de rendre
l'adjudication forcée de la Terre plus auantageuse, sans apporter au sur-
plus aucun changement, ni la moindre alteration à l'effet & à l'execution du Contract; Or il est certain que tout saisi sur qui l'on fait un decret forcé, a interest que sa Terre soit bien venduë; aussi le sieur de
Chaufferais a si bien reconnu que ce rachat de la rente foncière ne
luy nuisoit pas, qu'ayant esté assigné pour le voir ordonner, il a laissé
rendre l'Arrest sans y former aucun empéchement; & cet Arrest est
presentement censé contradictoire à son égard, puisqu'il ne s'y est pas
opposé dans la huitaine.

On répond enfin que quand ce rachat pourroit donner lieu à la resolution du Contract, cette resolution ne seroit pas utile au sieur de
Chaufferais, ni desavantageuse à ses vendeurs, estant causée par son fait
& son inexecution; car comme l'acquereur a droit de pretendre les
dommages & interests de la resolution du Contract, lorsque l'empes-
chement vient du fait de son vendeur: par la mesme raison, lorsque
l'empéchement vient du fait de l'acquereur, il doit luy-mesme les
dommages & interests de la resolution: Si donc les defendeurs eussent
ci-devant refusé leur consentement au decret volontaire, le sieur de
Chaufferais eust fait condamner la Dame de Fiesques comme caution
solidaire de la vente en tous les dommages & interests de la resolution
du Contract; mais aprés ce consentement accordé, l'inexecution du sieur

Que le sieur de Chaufferais ne pourroit tirer aucun avantage de la resolution du Contract, quand mesme le rachat de la rente y pourroit donner lieu.

de Chaufferais, & le defaut de payement ayant rendu le decret forcé, & le changement du decret ayant produit le rachat de la rente ; il est certain que si ce rachat pouvoit donner lieu à la resolution du Contract, le sieur de Chaufferais ne pourroit éviter la condamnation de tous les dommages & interests qui en resultent, qui tiendroient lieu de l'execution du Contract, & qui ne font en effet que la mesme chose : Ainsi que le Contract soit resolu ou non à l'occasion du rachat, la condition du sieur de Chaufferais ni de ceux qui ont traité avec luy, ne change point, & ne devient pas plus ni moins avantageuse.

Mais on peut dire que c'est sans aucune necessité que les defendeurs entrent dans toute cette discution, il suffit à leur égard qu'ils ayent droit de faire ordonner le rachat de la rente, comme ils l'ont prouvé si fortement, ils ne font pas obligez aprés cela d'en examiner les suites, ni de s'en embarrasser, le sieur de Chaufferais en pourra tirer les avantages & les consequences qu'il voudra; la demanderesse de son côté pourra prendre ses mesures comme il luy plaira pour s'en defendre; ce font des soins qui ne regardent pas necessairement les defendeurs, & l'on n'a pas droit de les assujettir à suivre aveuglément les volontez de Madame la Comtesse de Fiesque, ni mesme à se mesurer toûjours par ce qui luy peut estre le plus agréable ou le plus commode : Ce n'est pas qu'ils ne soient disposez à la considerer beaucoup quand ses pretentions seront mieux reglées, & ils croyent que jusqu'à present on n'a pas eu sujet d'en douter, mais ils ne sçauroient se persuader que rien les oblige à ruiner leurs affaires, & à sacrifier leurs plus legitimes interests pour luy donner de nouvelles marques de leur complaisance.

www.ingramcontent.com/pod-product-compliance
Lightning Source LLC
Chambersburg PA
CBHW061624180626
46818CB00005B/2216